倾听缪斯的絮语·中国当代唯美诗歌精选
韩少君　高长梅　主编

渐渐远去的夏天

韩文戈　著

九州出版社 JIUZHOUPRESS | 全国百佳图书出版单位

图书在版编目(CIP)数据

渐渐远去的夏天 / 韩文戈著. -- 北京 : 九州出版社，2014.3（2021.7 重印）

（倾听缪斯的絮语 : 中国当代唯美诗歌精选 / 韩少君，高长梅主编）

ISBN 978-7-5108-2780-8

Ⅰ. ①渐… Ⅱ. ①韩… Ⅲ. ①诗集 - 中国 - 当代 Ⅳ. ①I227

中国版本图书馆CIP数据核字（2014）第041930号

渐渐远去的夏天

作　　者	韩文戈　著
出版发行	九州出版社
地　　址	北京市西城区阜外大街甲35 号（100037）
发行电话	（010）68992190/2/3/5/6
网　　址	www.jiuzhoupress.com
电子信箱	jiuzhou@jiuzhoupress.com
印　　刷	北京一鑫印务有限责任公司
开　　本	720 毫米 × 1000 毫米　16 开
印　　张	9
字　　数	104 千字
版　　次	2014 年 4 月第 1 版
印　　次	2021 年 7 月第 5 次印刷
书　　号	ISBN 978-7-5108-2780-8
定　　价	32.00 元

前言

诗歌之美源于自由：心灵的自由，精神的自由。

作为和时代同步的诗人，他们有着敏感的内心，用灵动、柔软、圆润、晶莹的内心亲近生命，感受光明，传递善良。诗歌写作，毫无疑问就是诗人内心的独白。写生命的开始和消亡，写河流，写大地，写一草一木，写细小的生命所散发的温暖。

诗人实际上是用作品还原事物的本真和他们内心的脆弱。

诗人大解似乎要通过诗歌表达忏悔和矛盾，确认人生在世，乃至宇宙中所处的位置。他精神向上，姿态低垂。他热爱拥有的东西，感恩生命、亲人，近距离触摸大自然。他一直叩问，不断追求灵魂的自我解脱之道，他是真诚的，也是谦卑的，他在用自身的体验对世界进行深度的观察和理解。

他的诗，在阅读上没有难度，不设障碍，但也从不缺少智性的留白，他像个耐心的工匠，从自己的角度向世界提出问题，每个人得到的启示不一定相同，答案却自留在了世界运转的法则中。

在当下的女性诗歌写作群落里，诗人李南有着自己独特的声音。这声音仿佛暗夜里的光，有温暖而悲凉的双重听觉，更有直入心灵的力量，这力量来源于她目光的向下和心灵的向上。

李南的诗歌充满温情的力量。从世俗熔炉提炼出来的优雅，感伤背景中掩饰的痛楚，形成了她个人特色的冷峻诗风，在描述现实生活的同时又不局限于现实，相对完整地把人生经验和艺术体验呈现于她的创作之中。

卢卫平对词语具有的尖锐而深刻的呈现能力，他从不回避眼前的现实生活，并从中提取真质而凝重的精神意向。他在诗中开辟了自己对观念的呈现和提升的特殊途径，赋予普通事物以诗意化的时代符号。卢卫平的诗作，对观念的确立和诗意阐释，体现出了他所具有的特殊力量的创造性思维和深入精神本质的超常潜能。

经历了多年的沉寂之后，韩文戈带来了一批沉郁的充满中年情怀的诗篇。一种更为谨慎的态度成全了他作品的厚度。

当生活经验与生命体验融合为一，韩文戈的诗穿越时间和空间，超越疼痛与隐忍，展示了一个成熟诗人对世事的感悟，其稳健的诗风也使得他的作品具有了经典意义。

琳子的诗直面现实，本真、质朴，有着鲜明的女性特征和觉醒意识。她善于通过简单的物象来体现人世的大爱大美，尤其是在表达母性和女性意识上，充满理性客观的思考。她还是那种善于在生死这个永恒的主题上发现美、抒写美的诗人。

起于浮华，超乎事态，韩少君的诗歌更具先锋性，他说他从事的是一项在场的叙述性工作，他的诗歌有广阔而深沉的背景，语言简洁，收放自如。韩少君善于从日常经验、个体的生命意识出发，寻找日常生活中的诗意和反动，在经验的世界之上感受另一种生命的真实。现实赋予了他诗歌的力量，也让他在这种力量中感受到自身的强大。他的很多诗篇充盈着批判的人文精神，在这种批判和看似无序之中，我们看到的是一个更纯粹、更可信赖的诗人。

王久辛一向保持着自尊与自强的诗人倨傲的人生态度，他或“以诗进入历史，出入战争”，“写得大气磅礴，狂放不羁，洋溢着浓烈的民族感情和人间正气”（诗人获首届“鲁迅文学奖”时高洪波语）；或借事言怀，借史明义，借景抒情，“表达诗人壮烈的人道情怀和悲悯意识”。王久辛更是一位在艺术探索上颇为精进的诗人，试图追求一种在艺术上经得起时代检验的诗歌语言，“追求语言的最大内蕴与张力，建构诗歌独特的审美空间，追寻意象的魅惑力”（文学博士谭旭东语）。

此外，张庆岭诗的成稳，高非子诗的清隽，90后代表苏笑嫣诗的青春活泼都各具特色，都值得读者的关注。

我们的工作是将这些作品呈现出来，希望给人以启迪，从而引发深深的思考。

目录

第一辑 在秋天的山顶上

第二辑 低语的树林

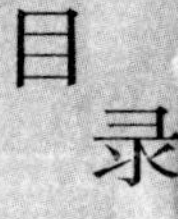

第三辑 夏日箴言

第四辑 开花的地方

第一辑

在秋天的山顶上

回声

已经很多年了，我们一起来到太行深处

嶂石岩，东方最大的回音壁

群山中，面对刀削的绝壁，我喊出我的名字

而回声迟迟没有传来

一对双胞胎，一个迷失了

另一个就再也找不到家，在人世流浪

我一直等待那一年喊出的名字，盼它穿山越岭

早点回家

也许到了老年，历经生命的奇迹之后

青春的回音才会传来

这就像秋天晚上的田野，霜、露渐冷渐重

我们抓紧晚上的时间掰下玉米

为播种冬小麦腾出土地

不经意地，在收走了棒子

还没来得及撂倒的玉米田里

两匹白天走失的马，老朋友一样

把喷着鼻息的马头，探出月光密集的青纱帐

伸进我眼前的幽暗

——那些回声

总要在生命的不经意处传回来

晴空下

植物们都在奔跑。

如果我妈妈还活着，

她一定扛着锄头，

走在奔跑的庄稼中间。

她要把渠水领回家。

在晴天，我想拥有三个、六个、九个爱我的女人。

她们健康、识字、爬山，一头乌发，

一副好身板儿。

她们会生下一地小孩，

我领着孩子们在旷野奔跑。

而如果都能永久活下去，

锁头、冬生、云、友和小荣，

我们会一起跑进岩村的月光，重复童年。

我们像植物一样，

从小到大，再长一遍。

一匹死去的马如何奔跑

那些跑过草原的马,活着的时候

也跑过暗夜里的滩涂

在一年又一年的奔跑里

我撞上了它们,孤独的马领着孤独的马群

当我再次遇到它们

那些远去的脊背上,落满了雪花

我正目送它们老去,喘息

大地留不住飞起来的蹄子

它们就像夏天成群的闪电

消失在秋季的天空

在雨洗白的死马骨架里

我用马头琴安顿下我的灵魂

请远方的野火,在星光下告诉我

死去的马如何更靠近心脏和草地

请那些停止了嘶鸣和呼吸

却依然张开颌骨的马头,落泪的死马头

在逆风中告诉我

一匹死去的马,如何在死亡里继续飞奔

在槐泉寺

比我想象的更冷清

甚至没见到一个僧人

就像我空落的心,没有我和另外的人

只有从尘土与树木上拂过的风

这是一个夏、秋转换的上午

细雨过后

神秘的影像在我体内经过

仿佛听到了什么

我知道山间的果实即将奔跑

开始计数

又一年的最后的时辰

直到成熟,脱落,被人拿走

在槐泉寺,在又一年里

我终于找到了一个

比想象还要安静的地方

我一言不发,侧耳倾听

是什么踩着我与山坳走过去

如果可以的话

就到无人的树丛后边

我想一个人哭一哭

穿行

我认识的诗人，不再用祖国这个词，它太大。

人民太宽。

人心和谷壳太空。

我和他们一样，就生活在又大又空里，

并彼此赖以生存。

有时，在空无一人的旷野，

我和世界构成一种隐情，那隐情也空无一物，

只有变幻的色彩、味道和声音。

掌灯时分，我正坐在飞机上，斜靠舷窗

俯视朦胧的地面，

向没有尽头的盲点飞去。有时

乘电梯回家，

上升或下降。飞机与电梯一直不停，

它们在空洞里穿行，风吹过空空的枝叶。

当你伸手过来，我们相握

像两股水，在世间倾泻，我的心包裹着

更空的事物。

而在别处，比如在异乡，比如在死亡，遥望地球，

只能看到一个幻影，

是无尽的生命日夜推着它，慢慢空转。

口哨

第一首

阳光顺着山路
把我领上了山
在山里的阳光中
我吹起了口哨
这是一个绝望的冬天
没有哪个冬天如此漫长
在漫长的冬天里
没有哪一天如此晴朗
而这唯一晴朗的一天
我吹起了口哨
在群山里转悠
这一天没有风声
只有我的口哨在响

第二首

另一次吹响口哨
是多年前
在燕山的暮春
山谷里和山路两侧
乔木、灌木的小花朵
纷纷落下
我听不得花落时节
天地间的沉寂
我便吹起了口哨,故作镇静
以掩饰内心
而落花
在口哨声中
继续飘落

渐渐远去的夏天

是否曾经真的拥有过夏天?

现在,离霜、雪更近了,离冷更近了。

地上的事物完全敞开后,正慢慢闭拢

用壳、羽毛或衣服。

现在,山坡上的松树已结满松果,小路弯曲着

埋进黄米草丛。

那一年,小学生们把松树苗背上山去

把白草坡水库的水背上山去

当我们把树苗一棵棵栽到斜斜的山顶

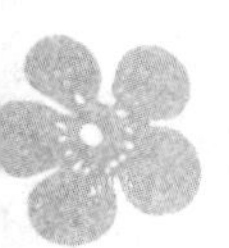

天已黑下来

大月亮就挂在悬崖上,照亮我们的心。

月光下,我能看到自家的院子

狗、圈里的山羊和透出木格窗子的光晕。

现在,满山的松树已结满了松果

山雀来回飞掠

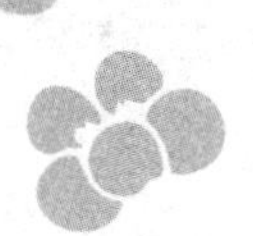

我已不会再向上爬去。

该说再见了,盛夏。

再见了,洪水黄沙;再见了,密林深处的野百合。

在未来的日历上

在未来的日历上，我看到了什么？

慢慢掀动的纸。

四年后，奥运会如期在巴西举办。

下一个蔚蓝的日子

又一届国际气象大会召开。

计划中，大部分国家的总统选举

将准时拉开序幕。

再过五年，我所居住的城市，地铁一号线正式开通。

而玛雅人已把太阳历推演到无限。

生命就是在这样的设计里流逝并持续着。

我喜欢被预知，被安排，被谁？

也许我活不到那么久，可这无限的感觉就是希望。

我看到未来的日历上写着

关于和解的日程：

种族战争的和平路线图。

宗教与宗教的共存，不同的神，觉悟者，先知

在某个黄昏的花园握手、喝茶。

尝试放下仇恨，像坚冰融化进春天。

性别差异的争吵将平复进秋水。

而在下一周，我打算给阳台添一棵无花果，一盆紫罗兰。

适当的时候，我的书柜里，要增加一本我的诗集。

当晚年到来，我会拥有一座远山，一处庄园，以使我回到童年。

我想，蔬菜的新品种将生长在田野。

尚未出现的水果，会结满枝头。

多年后，人的寿命将延长五十年。

而专制必然坍塌，不公平法案像旧庙宇被拆除。

在未来的日历上我看到了什么？

静默的未来。那时，我或许早已不在：

但这些循环就是希望，哦，哪怕仅是愿望

——就像阳光

照耀黎明的群山，一只鸟每天飞过我的窗口。

牙关

（一）

门牙咬住喉咙里的风
夏天咬住雨水
山谷咬住白骨，白骨咬住空洞的话语。

（二）

门牙阻住风，使话语更像话语
门阻住多余的话语，使夏天更像夏天
我咬住嘴唇，在夏天的流逝里
我把唇边的泪与吻全部收回。

凉意

醒来才记起

儿子昨天返校了

一个月前

老婆去了北京

她还要待下去

若是前些年

一个人独自生活

我会有阳光照进西瓜里

西瓜的暗喜

而现在

宛若熟透的西瓜摘走了

田野空空

只剩孤寂

就像窗外的风

吹进来

天下只剩了凉意

引领

风，可以向上，也可以向下
人，活着，也可以死去。
有一次，我沿着还乡河顺流而下
那时河面上还能行船
鸟群一阵阵击打着秋天
我一直走到山口
看着水流经岩村、黄昏峪、白草坡
流进了外边的平原
一路上，灵魂就像一只猫
不时跑到我的前头
引领我，向左，或向右。
我看到，沿途的山顶上总有一面面旗子
或灵幡，在飘动
日影西行
时间，以光在地上行走的方式呈现
以我在地上变矮的速度

测量生命。

在高处，一个人说：是旗子，是灵幡在动

另一个说：是风在动

我不知道是什么在引领我，我也在动

走过短暂的辰光。

天总要慢慢黑下来

夜晚是一棵结满繁星的苹果树

星光下，尘土倾覆在草叶和昆虫上

月亮弯刀不停地剔着人世

猫在我的前头，引领我回家——罢了

眼看着，河水流过山口，奔向山外的平原。

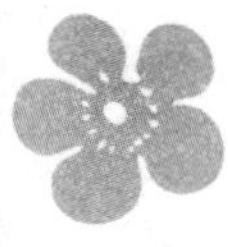

孤独是每个人的，别人不知道

安静又无聊的时候

我就挨个想一遍认识的人

就从身边想起，从现在的人，到过去的人

一直向后想

再向后，就到了小时候

没有血缘的兄弟姐妹，藏猫猫。

就像有时，我挨个琢磨写过的诗

哪一首能够留住

我一首首掂量、甄别、取舍

能留下的越来越少。

可以留到最后的朋友也越来越少

以为青春可靠，它已溜走

以为还有中年，它正在溜掉

这样一遍遍地想，一点点回忆

唯独可以托付心事的人没有几个

我们都是不同的书展开的情节

无论怎样，都不可能叙述同一个故事

直到最后，想要托付的心事

也会离开

凡事都成了身外之物

也许最终剩下的，都是最初的

而孤独属于每个人，别人不知道。

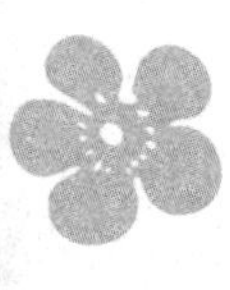

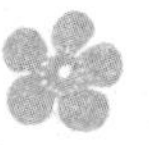

祈祷中的女人

站在凉台上,面向初升的太阳

各种花草、香气围绕着她

几颗尚未隐去的大星镶嵌在天上,如同隐喻。

上帝安好,清晨寂静

醒来和未醒来的事物像野草起伏。

幽暗里,我逆着光看她的剪影

紫罗兰、凤梨、兰草像孩子们的手臂轻触着她:

向着太阳、父亲与渐隐的星辰,她祈祷着。

屋里的光线越来越密,不一会儿照亮了我们的居室

照亮了床单、书籍和厨房里的菜蔬

也照亮了我的大部分。

马灯

风小了，可以把门廊的马灯灯芯调低些
这样，干草、牲口棚、沉睡的马匹便暗下来
像前天以前的某一天
重新把面纱还给世间诸物
周围的寂静和心跳会更凸显出来，证明没有什么在死去

当风大起来以后，一定要把树上的马灯调到最亮
让光束穿透风，犹如大起来的雪片压弯枝条
借着光亮，有人在风中的村庄走动
他踢翻碎瓦片，大风踢翻石头，他说：沙子，纸，名字
他能够看到每一个失踪了的人

凌晨的寂静

凌晨三时半,我一般都会自然醒来
一般都会打开台灯,看书,或写字

但有时,只是打开灯,不碰桌上的书,也不写什么
只是在调暗的台灯下,闭着眼,静卧

听自己的呼吸,奇妙地亮起来,暗下去
听,到点回家去的小精灵,从窗外走过

什么也不必想,活着有时不一定总是沉思
夜幕下的河水,从不想什么,它只在夜光下流动

风也从不沉思什么
但它照样轻松地吹过强人的世界

在寂静中，如同睡在光的峡谷，我等待黎明

孤独一般都会要远去，微小的恐惧也要远去

野山听风

在深到胸口的草丛里听风

与在深到头顶的黄土里听风,没什么两样

风都会带来地球的战栗

即使风不起

山上的草和地下的土也将不停地轰鸣

它们带动地球如同一匹野马

如果有谁恰巧从蓝天下经过

他会看到阳光也在一根根战栗

他会听到一群人对另外的一个喊叫

有时在草丛,有时在土里

但他听不清

在秋天的山顶上

把鞋子扔在石头与树丛之间

把光着的脚,放在平滑的岩石上

把裤管卷过膝盖

山顶的飞虫会停在裸露的腿上

它们没以为这是个人

你与整座山一丝不动

阳光直直地照着崖下的青藤

松树冠顶闪闪发亮

那里落着一只、两只、三只小鸟

你轻轻躺下

压倒了软草,仰望白云飘过

远山无穷地延伸、波荡

近处的庄稼在山半腰次第成熟

山脚下,河边的农舍

连成另外一片草木

对面山坡上的牧羊人,对着山谷

吆喝着

他不认识你

但那群羊认识你

昨天它们吃过了你身下的草

明天它们又要换到这个山头

啃吃你身上长出的叶子

食谱

我母亲做菜的手艺拙笨，接近原生态

那味道，时间越久，就越回味

比如西红柿炒鸡蛋，她从院子里的菜地

随手摘来几颗熟透的果实

轻轻剥去皮，切碎

放进碗里，再磕破刚产下的鸡蛋

与西红柿丁搅在一起

放入家产的花椒粉、粗盐

然后烧油，倒入碗中的调和物

无须加糖，也不加水

直到它们爆炒成型

那时，窗外的合欢树叶

正在日落中收拢。或在雨天

我父亲从山坡上，自己开垦的山地里

拔出几颗大葱

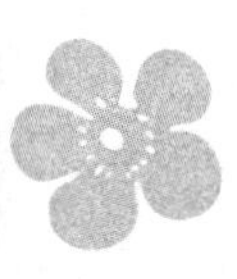

妈妈把葱白切成段，和面，擀成薄片

稍待，她要把葱白炝锅，舀一瓢水

一转眼，铁锅里水花翻滚，撒下面皮

那时我正好放学，推开家门

沸腾的汤面，灶膛里散出的湿柴气息

驱除了我的寒气。现在双亲不在了

学着妈妈，我也给儿子做菜

他不说好，或者不好

但类似拙笨的手艺，就像一本隐秘的家谱

都还在每一个家族里悄悄传递

万物生

生下我多么简单啊，就像森林多出了一片叶子
就像时间的蛋壳吐出了一只鸟

而你生下我的同时
你也生下吹醒万物的信风

你生下一块岩石，生下一座幽深的城堡
你生下城门大开的州府，那里灯火光明

你生下山川百兽，生下鸟群拥有的天空和闪电
你生下了无限，哦，无限——

从头到尾，我都是一个单纯而完整的过程
来时有莫名的来路，去时有宿命的去处

而你生下我的同时，你也生下了这么强劲的呼吸：
这是个温暖而不死的尘世

第二辑

低语的树林

云雀

云雀一边叫着，一边飞向苍空，仿佛一枚会唱歌的钉子

被云朵吸去。

然后风托举它，悬在云中，一动不动。

但它唱着嘹亮的歌

在冰雪闪烁的冬天。

我在它刚刚离去的短草荒原上，也一动不动

很多人疑惑着仰望它，只有我知道那是一只鸟在唱歌

只有我知道，云雀的上边没有天堂，众人的脚下也不会有地狱

我们却有自己的密语：交谈，号哭，挣脱

敲着锁闭的门。

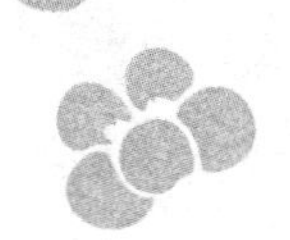

我控制不住水的速度

我控制不住水的速度，也无意改变它的流向
但我可以放慢脚步，当树老了就不再尝试移动

我能抓住地上的光线、光斑，羽毛一样飘动的话语
把它们洗净，拉直，编织，展开借以栖身的树冠

鸟儿也是这样，衔来细木、草茎和软泥
孵化、饲养它们的孩子，我饲养朴素实在的日子

我愿被你虚度：慢板，小夜曲，接着是草原长调
一列老木头火车，从我身边缓缓驶向海边车站

沉默把光阴挤压成生茶砖，再把话语省略去
树根把枝叶上的喧哗、雨水省略去

在冗长的流水旁，我守着一座搬净人烟的空村

省略掉从前的繁闹，与灰烬和旧房屋一起沉睡

没有什么可着急的，一生可做的无非就那几件

尚未烧透的劈柴，躺在灶下的黑暗，等你再次点燃

低语的树林

穿过一片橡树，经过开阔地，又走进榛子林
仿佛晨昏在更替
我听到，它们略有不同的沙沙低语

很多时候，我听不懂
这一切都在委婉地说些什么

几十年来，我就是一只树木间的空耳朵
一边感受老去和离散
一边始终确信，总有一天会听明白

灵魂的箭镞，张弓待射

中年以后，灵魂成为一件黑色斗篷，在更黑的黑里飞
没有一具肉身真的能披上它
包括我的

灵魂有一座大雾的房屋，一个弥漫的院落，一处锁闭的小仓库
而肉体在挣脱
灵魂有一眼深井，而肉体将越流越少

在山顶的钟声里，或集镇的打铁声中
灵魂是被风吹翻的那张破铁片、旧羊皮
而肉体会是越走越远、越来越弱的撞击声，噗噗——

有一只乌鸦坐在云端，无枝可栖，它不再言说
而肉体留在原处，成为一把锈住的手杖
一只寻找飞鸟的毒箭镞

马车

拉盐巴的马车，隐蔽地走进冬天的海滩。

在北方，拉庄稼的马车，走在乡村公路上。

马儿啊，有多少伤心事，穿过四季尘烟。

我只能遥望，向后，向那些走远的年景。

向那些早已消逝的人。

月光白白地照着，马车慢慢地晃着。

在我的家乡，谁还会想起老马车，老马车碾过的岁月。

马车接过的新娘，老了。

马车拉过的病人，死了。

马儿啊，有多少伤心事，穿过四季尘烟。

早已死去的马儿，还在河边啃草。

——有多少隐忍的泪水从我眼里迸出！

正在消失的午后

你跟我说天气真好我说今天阳光不错

你问我吃过了吗我说吃了你呢

我说刚送来的晚报挺热闹你说是啊热闹

我看着过往的车辆你在看来去的人

你坐在树的北面

我坐在树的南面

你递给我一支 0.5 毫克中南海

说吸吧闲着也是闲着

我掏出打火机为你打着火

也点上我的烟

你沉默

我也沉默

你能看到我头上飘起的烟缕

我能看到你身外正在消失的午后

一张底片

七月二十二日，临近日偏食

我在抽屉里翻到一张遗忘的底片。

站在草坪上，底片里的太阳开始残缺，

地上的狗、天上的狗一起狂吠。

光线转暗，温度转低。直到光再次晒上皮肤和城市

温度再次升到夏天。

我突然看到，底片上，铡草的父母在动，

旧底片，笼罩时间的烟雾。

我想起，多年前，老屋旁：

苍老的父母，在铡草

一个弯腰，一个蹲在地上。

矮矮的院墙边，

一大一小两头黄牛，正歪着脑袋，

一堆铡断的紫荆散发淡香。

——在世界的明暗中，我的亲人没了，

黄牛死在田里，老屋住上了别人。

而此时，黑色的月亮渐渐移开，仿佛什么也没有发生，

苍茫的尘世重现光明，

归巢的鸟重新飞出，开始叫。

曙光

鸽子的体内有一根白蜡烛，它停在窗外。

新日子与旧日子，都是它送给人间的礼物。

写自传的人，从黄昏写到黎明

他把曙光写进了第一行和最后一行。

他的身体是秋天，眼睛、耳朵是清晨的河流。

嘴巴是钝铁。

回忆出生、童年和少年，

褶皱的床单、乡下的房子、安静的湖面

此时最亮。

渔夫被夜打湿了衣衫，船傍在岸边。

林间，小鸟是疾飞的水滴，浑身绕满了光。

钟在山口悬挂，钟是季节内部的马达

总是在该出声时撞响。

古老的蓖麻重新聚拢，沉落桑田。

躲在云中的人宣布碘化银人工造雨，或许。

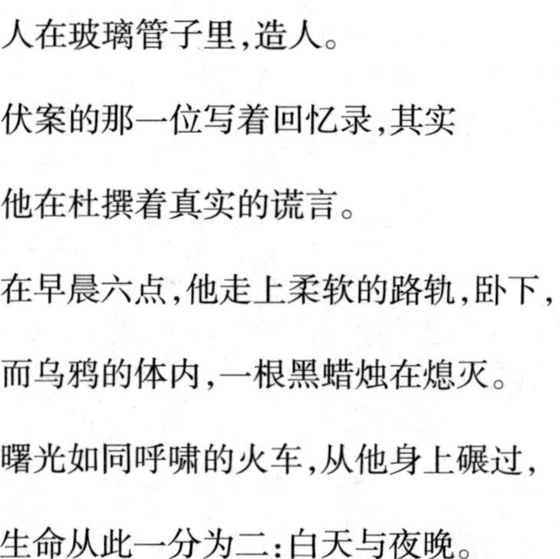

人在玻璃管子里,造人。

伏案的那一位写着回忆录,其实

他在杜撰着真实的谎言。

在早晨六点,他走上柔软的路轨,卧下,

而乌鸦的体内,一根黑蜡烛在熄灭。

曙光如同呼啸的火车,从他身上碾过,

生命从此一分为二:白天与夜晚。

热爱的方式

最早一班公车上，我遇到一个去晨练的老头

我猜他足有八十岁，是的，他告诉我。

另一个人跟他搭讪

老头说，每天早起都要去公园跳跳舞

他计划要跳舞跳过九十岁。

而在最近的儿童节，我遇到一个五岁的小姑娘

她拉着爸爸的衣襟，走在众多游园的小家庭之间。

因为另一个有钱的男人，妈妈抛下了这对父女

小姑娘悄悄跟爸爸说，要找一个新妈妈

一个更好的妈妈，喜欢她。

我也在热爱着，我用语词栽下一株株植物

有时它们是蔷薇、芍药，有时是罂粟。

大多时候，它们都难以成活

可一旦长出嫩芽，它们总会绽放朴素或神秘的花
也许是死亡的黑花瓣，也许是火焰的舌头。

我们都有所爱，用各自的方式
当时间还来得及，当时间还允许我们去热爱。

黄昏来临

（一）

到了黄昏，日光的房子就要塌了
我们无家可居
猛想起，很多事还没来得及做
我们将住进潮湿的黑夜，住进露水

（二）

那时候的暑假里，在夜明峪
每到黄昏，姨和姨夫收工回来
总要带回些山野菜、野果子
我和表哥们，把院子打扫干净
摆好餐桌
像等待圣餐的孩子：晚风徐徐吹过
燕子飞在我们头顶。

小葬礼

——给章诒和老人

想问夜晚是怎样沉淀在纸页上，问一本打开语词的
小葬礼，
如何凭吊干枯的泪水与屈辱。
想问真相怎样被一一揭示。
一个少女，在蜜蜂和白杨树的晴空下
归于老去。
想问当年唱诗班里，那些小孩、大人
都去了哪里？那些失踪的、跳湖的
那些疯子、哑巴、瞎子都去了哪？
场院上，麦壳吹向了旷野。
一半的浮萍漂进了海，另一半沉进了泥泞。
芬芳着，苦菜，松，岩石，一颗颗心。
想问你如何召集死去的灵魂在夜晚汇聚。
一个消逝的世界被你主持成葬仪。
想知道时光终究会显露原来的样子吗？

呵，繁茂的向日葵，呵，果实累累的大地。
地球上，
众人每天都赶去参加那些小小的聚会，
慰藉离别的人，走远的时光。
告诉我，是否我们的葬礼也要多年后
由另一个陌生人来主持？
多年后，风将停下来，也许是一个下午
即将落日。
那些悼词，由另一张嘴轻轻吐出，安静啊
小葬礼，只有土里的心
在跳动。

在那片空地上

我一眼就认出，那边曾有一株梨树，并排着三棵
杏树。在一棵香椿树下，是一大簇芍药花，

年年谷雨，自己抽芽。
那些年的春天，有一群羊，领着一茬茬的羊羔

在这边吃草。我一眼就认出，那片草地还在
多厚实的草啊，几只蝴蝶在草色里飞。

而远一点，终年站着一些草垛，
麦秸、红薯秧、玉米或干草，男孩们在草垛间穿插，

"开始吧"，女孩们喊，他们捉迷藏。
从云朵一般高的尖草垛上，扑向另一边的软麦秸。

再远处，顺着我的手指，有过一个养殖场，
骒马、驴子和黑牛。墙外，伤痕累累的老槐树，

托着一只巨型鸟巢，瞪着空眼睛。
屋檐下，是一排紫燕的泥窝。

在干净的场地，人们摆过迎亲的筵席，
而路口的小庙前，走过送葬的队伍。

我一眼就认出了，那片空地曾经存在的事物。
在我之前，我不知道还有过什么，

一阵风，一片水，一伙强盗。在我之后
也不知道将发生什么。如今那里只是一片空地

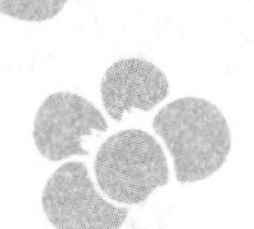

我一眼就认出了，现在的空旷。

白天跑过野兔，到了夜晚，是狐狸与幽灵，

跟小时候一样，一切都在夜色里奔跑

是时光在追，他们都不敢松劲，

我一眼就认出了，什么在捉迷藏，

是谁被追上，谁正迷失，谁又被黑暗隐藏。

替初夏把石榴赶进树林

替初夏把石榴赶进树林，麻雀探头探脑。

把落叶吹进马厩，秋天凉飕飕。

把盘缠藏入落榜生的厢房，让自己牵挂着，满满的。

我的内心一直就满满的，是世间那些可爱的小玩意。

豆荚的小舌头，水的小蹄子，流浪山顶的小故乡。

无人的夜晚，月光踩疼了我的脚后跟。

有时也是空的，瘪的，没有长大的。

采摘过后，到处在喊，“荒凉啊荒凉！”

有时必须是空的，就像空的庙宇，把疲倦全甩出去。

安顿

出了车站
天上和地上都已一片灯火
转眼之间
在火车上认识的人
和不认识的人
都神秘地消失在夜色里
他们回家了
他们在大小旅馆安顿下疲惫的肉身
还有些不知在哪里过夜的人
徘徊在闪烁的广场上
我有太多这样的时刻
在深不见底的夜里
在路上
与太多熟人或陌生人离别
一个孤独的沉默者

——我们像世上一条条野狗

安身立命，或浪迹天涯

彼此擦肩而过

并永不再见

另一种时间

我敢肯定，有另一个我也同时活在人世，

当我在早春的河边，

往干草根上撩着水，一群野鸭子浮在水面。

他或许赖在床上，不愿起来，闭着眼，

听午后的阳光踩过旷野的干草。

当我打电话，拨错号码，听一个陌生人在我耳边说话，

此时，第三个我依旧活在前生，

他牵着马，陪着公子进京赶考，经过一棵开花的苹果树。

当我来到燕山，苦菜钻出向阳坡地，

童年的影子找到了我，委屈地向我诉说。

第四个我，正舒展地活在后世，

他刚漂泊归来，天涯路上，细雨把我们变得模糊。

早春之夜的风

听到风在楼外的深夜点名，
废报纸、塑料袋的回答像鸭子叫，树木
有些沉闷，布匹与高压线的声音
如同老汽车在发动，还没回家的人惊恐尖叫。

我想起在乡下的日子，早春或者更早的
冬天，北风时常在夜里刮起，临睡前，父亲会说
“开门雨，闭门风，都不知啥光景是个头。”
这是告诉我，早晨开门时下起雨
晚上睡觉时起的风，都不会潦草地结束。

我像一只温顺的大猫，睡在他们之间
土坯炕被木柴烧得滚烫。听风撕动窗纸
如同铁匠铺的壮汉，噗哒，噗哒，拉风箱，

经过一冬，薄薄的窗纸裂满了口子，
陈旧的木窗棂早已扭曲。钻进来的风
在空屋子里转圈，墙上的年画张开来。
我整个身子缩进棉被，只留一对眼睛在月光里

听他们的鼾声。明玉家兄弟四个该多好，
他们兄弟挤在一床大被子里。二丫姐妹们也是。
因为贫穷，岩村的孩子
都这样，但我不能，我没有兄弟、姐妹

只有风、无边的幻觉和深深的孤独。
白月亮照上精光的大地，风吹散幽暗。
一家三口，仿佛一只小船，在清贫古老的日子漂游。
今夜的风在楼外点名，今夜的风从早年刮来

风也点到了我离世多年的父母的名字

我听到了他们遥远的回答,父亲嘟囔说

“开门雨,闭门风,还不知啥光景是个头。”

而我一个人躺在书房,沉浸在往事

在没有月光的夜里,黑暗比从前更重。

怀念啊,贫穷的月光——

这么长久的耗损着,我依旧孤独,

漫漫的风吹透了中年。

孤独是一个人的避难所

孤独是一个人的避难所，恐惧是天堂的流星。

鸽子飞进了琥珀，我看到，

它眼里静泊着黄昏。

在麦子的旷野，美轮美奂的死亡

来自泉水的光和六月的铁。

旧巴士行驶在老电影的水边，

早已死去的人，低头赶路。

在老时光，我给无花果浇水，花朵们孤独。

如果此时我拥有你的呼吸，

在水边，我会苏醒。

但孤独是一个人的避难所，

它比死松软，比夜凉。

当我安睡，你要用柔和的烛光

覆盖我，天地间，此刻无人。

仿佛在你的注视下，我的肉体得以沉静。

在静美的时辰，我的肉体

安谧地闭合。

孤独与肉体的记忆无关。

孤独有时是风的房子，储藏着记忆。

一条严寒里的狗，无家可去，

对着同样无家的人，狂吠。

可不可以说：孤独永远是一个人的，

跟你无关。

可不可以说：在天堂的流星下，

你正被人间目送。

时间的嘴唇

最初，时间的嘴唇吻我孩子般的脸。

我有着青苹果的香气、草叶的香气与流水的香气。

然后她吻我紧闭的眼睛：

我正回想一场音乐会、早来的大雨、深夜刹车的尖叫声。

一朵花对另一朵花的拒绝。

后来，她张开它们，那两瓣温柔的唇。

幽暗里，我感到白森森的牙齿，就像人间的雪峰。

我被整个地含住了，还有我的思想与诗歌。

她安静了一会，最后才吐出我体内的结石、盐

以及全部骨头。

荒凉

一块石头都可以是荒凉的

以及一个人

一个人行走在石头上

或行走在石头之间

他的荒凉就格外显眼

但石头内部锁住了一夜的风暴

和一个古老的死者

有一面镜子向外发着光

如果那个死者要复活

如果他用风暴说话

用那面镜子

看到石头以外的灵魂像野草

就像无名的云烟

悬浮在净水上

歉收的秋天像一棵野草

以及荒凉的天空

悬浮在我头顶

我想他将会看到

我是一片无边无际的野草

新的日子

我把新的日子拜托给一枚硬币，

我向空中抛去，那枚硬币忽闪着，

像老天爷的纽扣，被云朵收容。

当它返回时，如果正面落在我的眼前，

我将写下此时的颂歌：仅仅这一刻。

如果它的反面落在地上，

我会和枯草、藤萝簇拥在一起，

在九月，承接白露。

——那硬币还在缓慢向上，

直到它停止不动，而后被地球吸住：

多少光景，

随着秋天的到来，而变得沉重。

就在它向我落下的时候，

一只突然的大鸟从天边飞来，

宛若小时候，岩村山顶的那一只，

它叼住硬币，转瞬即逝。

如同在每个旧日子，我们所感受的那样：

一个个亲近的时辰，变得轻盈、虚幻。

钟表

钟表就一直走下去

当你经过树下的黄昏

它在树冠里走

当你在岸边问路,它在水中走

当你迷失山谷,它在晴朗如洗的天空走

当你睡眠

它在你的体内走

有时它走着你的路,复制你的经历

并叫着你的名字

怕你醒不来

无论你走得多么曲折

它都会找到你,追上你

把你赶到一条直线上去,那是光的路

有时它顾不得你

它就走它的

无论你怎样喊叫

它都装作没有听到，冷漠，绝情

不会停下等待

直到有一天

铁锈覆盖下来

它就跟老房子，跟蝉蜕在一起

零件老旧滞涩，无人能校对时间

钟摆无力下垂

但你不知道，它依然在走

在走一条虚无的路

并引导你踏上

那条不归的坦途

暖风整整吹了一个白昼

暖风整整吹了一个白昼

到夜晚也不停

暖风吹去我们身上的泥土

又把新的泥土吹来

在尘世，我们往往无可奈何

只能被风吹来吹去

有时尘土飞起来会遮住夕阳

有时泥土就直接把人们掩埋

第三辑 夏日箴言

回去

回去吧,海对帆说

有时,生命也对残破的肉体说

此刻一万里春光

马离开马槽,奔向旷野

山谷里的光因为膨胀的草根而更亮

新芽顶翻了落叶

我愿意走在越来越亮的光里

成为光

我愿意被齐崭崭的青草托起

就像潮汐丢弃的海螺

成为盐的耳朵

回去吧,海也对搁浅的海螺说

尘土早晚要吹进记忆

嘴巴也会灌满风

我见证黄昏收拢了晚风

我见证黄昏收拢了晚风

晚风收拢了归家的人们，就像夜色收拢

四散的羊群

那时小河涌起幽暗的誓言

所有的誓言都充满你对白昼的留恋。

我见证人间灯火同时亮起

如同细雨擦拭地球疲倦的翅膀

情侣在灯下交谈，犹如母系社会

与父系社会的交谈

整个世界是一个灯火的合唱团

那时，你的誓言被爱的歌声所温暖。

我见证你在众人眼里

找回曾经的喜悦

有的人备好子夜奔马，有的人是陨星已经流亡

时光怀有一颗恻隐的心

它被夜的秒针催促开放

你常常仰望古老的山巅

那里全部积雪铺展在火焰的锦缎

那时世上只有大梦，只有废弃的塔、沉船和良辰

我见证你对死亡发了个尘世的誓言。

灵魂随时刮过

灵魂随时刮过所有人的故乡，如被放逐的白云。

一只鸟听着人类丑陋的声音。

一群鸟惊恐地飞。

在江边，浩荡的芦苇藏起闪电。

一棵芦苇，瑟瑟，颤抖。

我的灵魂只刮过自己的故乡。

如同锦衣夜行的人，悄悄回家。

如同千里迢迢的大雁，穿过河谷、尘风与炊烟。

故乡是被放逐的白云。

灵魂是大雁。

我弄响了树叶和他的灵魂

我从那些叫年、月、日的物质中穿过，
它们方方正正，被码起。
它们的缝隙间，我遇到吹来的风。
遇到一些叫喊的贼，一些安静的疯子，一些未来的向日葵。
遇到自称我朋友的人，一些丑陋的敲钟人。
我遇到另一个我，长长的影子，抖动风声：
我踩住我的影子，有时它尖叫，就像金属被折断。
我活在阴影与大块阳光之间，陷在最深处，
直到底下的水声把我轻轻浮起。
在玫瑰与枯枝之间，意义与虚无之间
我走过很多寂静的地方，
比如古战场与村庄之间
山谷与河湾之间。
在那些巨大喧嚷之上，是广阔而厚重的寂静。
那些寂静是万物的最后回声。

我会遇到死在我前头的人，他不经意地回头

看到雨正擦净他一生的痕迹。

当我走过

我弄响了树叶和他的灵魂

那是他从前的书写纷纷叫出声来，一只猫

跳过落叶和尘烟。在闰月，

在流年。

倾听

只要你侧耳倾听，就能听到遍地的声音。

洪水来自远古的黎明，牦牛群在奔跑，

它们与草原谈论鼓声。

北回归线上，山峰悄悄生长，生长吧，夏天。

你站在辰时的风口，你的骨头说到风化。

你能听到遍地的骨骼在吵架。

听到天鹅的翅膀拍打湖面。

昆虫们挺着小身子，举办婚礼。

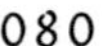

圆形的夏日，一个赤裸的孩童在火里唱歌。

即将到来的事物喊着自己的名字，

它们急促地敲击子宫的门。

哦，落水者仰起头在呼吸。

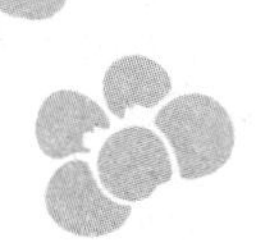

当你转过身，你的影子也在说话，

像光线撞击着正午，琴弦拨动了河流。

酒逆行在粮食里，大声喧哗。

墓地的石头在哭。

有个糟糕的东西整天咬噬着人们，

咔嚓，咔嚓，

使你一点点变薄、变矮，

在四季，时时弯腰。

在永久循环的宇宙里，小麦、野兽和你

不停地对话。

夜晚催促着花朵：

“打开吧，打开吧。”

这是无法安歇的时刻，当你侧耳倾听

逐渐消失的世界，

雨点般的声息会带给你往昔。

一些话语，会轻轻落在你翕动的鼻翼。

有时我是黄昏

有时我是黄昏，黄昏里闲置的钢琴，在一块软布下睡眠。
我不问候任何人，钟点也不问候我。
有时，我是半首诗，后半首，而前半首正挂在树上
被鸟雀们争论。
我不出声，残缺的比喻在消弭。

黄昏是浩大的，但看起来，却像矮小苍老的母亲。
钢琴加重暝色，等候按下琴键的人。
诗将变得弱小，存在，或不存在，树摇动风。

我渴望白杨树梢轻轻摇动

我渴望白杨树梢轻轻摇动，

鸟儿们也渴望。

晴空下，树梢上站满小天使，

鸟儿一样，它们跳来跳去，有时我们凝视。

到了午后，太阳偏西，时钟在天上追赶转动的大地。

疲倦的天使们收起了翅膀，河流也开始变缓。

他们站立过的地方，绿色显现。

我知道，我渴望的事情，下一刻即将发生。

羞怯的老人

那位白发老人在看电视，神情专注。

银屏上，两个分别多年的年轻男女，站在草地上拥抱。

我坐在老人侧面的沙发上，早春的阳光晒着她。

我专注的样子，没让她觉得，我看到了她扭头看我。

我知道，她看我的瞬间一定带有老年人的羞怯。

她那么老，几乎像一座羞怯的雕像。

但谁都有过骄傲的青春，哦，阳光下的青春。

谁都有过当初的爱情，草地上的爱情。

剩下的人们

他们都在无声而缓慢地劳作

风吹去了心里的野心

风吹去眼里的轻佻和火苗

风吹去了虚荣与灰尘

风把雨后的澄澈给了剩下的人们

他们开始发出淡淡的光,像萤火虫

到了秋天

到了秋天，我渴望最后的友谊：寒冷快来了。
霜雪压上山楂的枝头。
在疏朗、清冽的星光下，
浮躁的夏天渐行渐远，大海归于沉默。

我喜爱晚秋时节裸露的根茎，青铜叶片。
大风慢慢剥去世间的华美。
当无边山水，各自安歇，
它们也使我安歇：蝴蝶。骨头。盐。

我该怎样测量生命的深度

像丈量天空一样测量生命的深度，飞鹰有一双刺破天庭的翅膀。

像深入花朵的底部，小蜜蜂爬入金色的山谷，吮吸着蕊。

我要把出生日、恋爱日、雪日、雨日、耻辱日和死亡日结为一条漫长的绳索。

我要把午夜盛宴、野心、性、外伤和绝症编织进去。

我还要把酒、月光、初吻和黄昏的歌染上颜色。

像空气丈量一棵树的高度，像同情心测试一个穷人的体温。

我沿着冬天的山脉疾走，沿着梦的触须狂奔。

沿着星光、闪电、鸟鸣和天堂的方向上升。

而大地、村庄、爱情、祭祀将把我彻底放弃，像遗弃一眼废墟里的古井：

你听那清泠泠的水声！

——生命的绳索牵引着我，向下，直到井底。

直到死亡、哀歌和鸟群把我的痕迹轻轻覆盖。

寂静

大清早，在自家的土炕上睁开眼

能听到，院子里的父母一边干活，一边轻声搭话。

能听到大喜鹊领着小喜鹊

往返于村庄与西山之间的翅膀声

河水笼着轻烟，悄悄绕过小村。

而当午后醒来，天地一片古意，季节幽深如一眼老井

岩村有着发自骨髓的寂静：

它们被椴树、厥、桑麻的枝叶紧紧含住。

当一个人失去了父母双亲

只有尘土落下，再落下，埋住一年年的寂静。

日常饮食

羊群、牛群都喜欢吃高高低低的草

剩余的时间，它们会蜷卧在穹庐下，露天的草原

风轻柔地绕过，并把溪水带到它们脚边

日光还将无穷地普照。

人们也喜欢吃草，莴苣、芦笋、胡萝卜

这些能吃的草

但人也吃肉，砧板上，摊开着其他动物的尸体

就像狼，嗜血。

人有时比狼更血腥：他用思想预设一个个陷阱

凭自己的喜好，颁布律法或规则

在轩敞的白天，在神困倦的间隙，他还能制造黑暗。

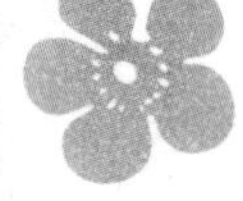

内心幻象

我的内心，高处是星辰，低处是灯火，雨的音乐

和我单独的梦

有盲童的泪水，家园最后的挽歌

一只勇敢的老虎，带领逃亡者远行。

我的幻象里，还矗立着三道山脉

它们摊开了手掌，捧出所有江河的源头：

一座是故乡的燕山，在那里，我度过了孩提

如今那里埋葬着生养我的人。

一座是青海的日月山，第一眼，我就看到了熟悉的前生

我要亲手把骨灰撒在缓缓的坡地上。

另一座是冈底斯山，那里，我只寄存我的后世

在冈仁波齐雪峰的上空，悬挂着一口雪的巨钟：

隐约连绵的钟声里

牛羊和百草，人类和神灵，沐浴着永恒

就像什么都未曾存在过，无始，无终。

事物

它们一直在那里：死的活的，幽暗的明亮的

阒然的喧嚷的，或者，壮硕的微弱的

我处在它们之间，我和它们在一起就变成了我们

大部分时间，它们只属于各自的族群

我也只属于人类

事物们保持着距离，运转自己的系统

有时，我也会处在它们的体内，蚂蚁就活在土里

一株稗草就活在一万顷稻田里

有时我们之间也要开开玩笑，小猫会叼住狗的尾巴

光线会给纸片上的名字描出阴影

伤口会在骨头里跳动，沉船会带来以前的朝代

我们会开心地扭着腰，像风吹过葵花或树林

大笑，平等赞美，或痛苦地低声嘶叫

当树木摇动

当树木摇动，山间涌满了风
白昼的光正在天空燃烧
没有人知道，那是时间正在高处燃烧

当时光的灰烬积成云层
大雁会在一年一度的秋天把它们带走
一场灵魂的雪将落向山谷

而在每个细小的日子，诸物轻盈，变老
夜晚都将如期来临，浩荡无边
人世涌满了呜咽，涌满了风

在暮春，在初夏

我来到雨丝中间，那时我张开了树冠
我张开了树冠，因为雨从昨夜落下
我来到雨丝中间，像回到你们中间

我来到河流中间，一条河融进另一条河
我不知道流水如何从丰沛走向干涸，云落下，成为雨
我来到河流中间，经过一棵树，那是我栽下的那一棵

我来到日子中间，随时要遇到一些神奇的事物
我遇到它们，又失去它们，血液为尘世的短暂而流
我来到几万个日子中间，像其中某一个隐秘的闰年

我来到一些不可知的答案中间，我成了问题本身
清晨、正午和夜晚，大地上诸物瞬息万变
我成了一个抽走水分的秩序，有时是幻影，有时是箴言

冬天的闪电

过了秋天，闪电就落到了地上

成为温顺的长河。

暴躁的男人，会成为一个温暖的父亲。

早年孟浪会成为中年沧桑。

我们一起把闪电藏在雪中，把鱼藏在

闪电里。把生命藏进资本。

把青春藏进走远的岁月，再把雪藏进树木

和草根。

我用童年的回忆，再次敲你的门，你的宝藏，

当闪电被驯服，

当遥远的庭院洒满阳光

一切都会离我而去，你也会。

这有什么呢，我习惯日复一日的失去。

就像苍天失去了闪电，山峦失去了溪流，

我失去了一天，两天，三天。

纪念

我曾在最初的山地放置过一块青石，来拴马
或扔掉背上的柴火，坐下休息，多么无意
现在我想，青石是我的一个记号
它应该还在，而我曾经在。后来
我吻过一个少女的嘴唇
那年，我二十岁，草茎上
飞虫尝试着，张开翅膀，我在自身之外
又做了记号。再之后，我说过很多话
写过不尽的字，全忘掉了，呓语，路程
和裸身渡过的河流。这些足以证明
它对我的磨砺
它一边遗弃我，一边加重着我的记忆
疤痕，喜悦，绝望。是等得太久了
我站起身，回去，从前的山河铺展着
那青石和少女，话语与客栈

像是重温，更是告别。直到落日沉入大海

我已无力再留下什么

天边，孩子们在追逐，羊群低着头抓紧吃草

近海的陆地上，一切都在等待夜晚降临

秋风

到了晚秋，风多一半会带来雨

地上的果实收走以后，风就摇晃光秃的树木

要是此时有人从树下走过

风就摇晃那人的肉体

直到他丢下点什么，旧信，或者早年的疤痕

该归巢的归巢了，该躲进羽毛的

都躲进羽毛

我们已不需要成片的树荫

树下鲜嫩的青草被霜雪打黑

少女们还不知道活着的艰难，她们

和男孩子在树林中追逐、蹦跳

女孩儿是大地上最年轻的枝条，男孩儿是枝头上的鸟

不远飞

有时，大人就过于自信，老把自己

当成万物的主宰

但这不可能，我们从不会是事件的中心
就像我们处在事件里
但根本不能解决人世的问题
在周末，来到荒原，风旁若无人地吹过
石头在风的擦痕里成为粉末
瞬间，我们就显出一道道皱纹
有时候，我也想成为红杉树、浣熊中的一员
但我不知是否还来得及
成为红杉树、银杏和机敏的小动物
晚秋的风吹落了宽宽大大的世事
直到江河陡下，窗帘垂落
始知万物都抵不住，这小小的吹动
已有的谬误还将继续显现，黄昏的雨测量着
人心的距离，山川的年岁：
诸物为上，我愿为奴仆

夏日箴言

昨日之我甚于今日之我,更无须谈论明日那个姓韩的人

无非是我,我在与不在,或忘我

有人在雪天送炭,甚于有人在锦上添花,更无须赞美落井下石的那个人

我沉浸于仲夏夜突然密集响起的秋虫的鸣叫

我顺应着季节的次第变幻,甚于人的多变,或不变

有人重逢时会像花瓣一样簇拥,甚于有人要对我提起,反复提起

蓝天下古老的仇恨

我沉浸于这样的世界:天光中,风吹着风动,水流着水流,我在我之中漫不经心

第四辑 开花的地方

生锈的雨

生锈的雨，淋湿了黑色树桩

生锈的雨，淋湿了生病的人

生锈的雨，淋湿了电视塔

生锈的雨，淋湿了独自一人的哭泣

生锈的雨，淋湿了秋后赤裸的土地，冷到骨髓

生锈的雨，淋湿了白蜡烛飘摇的微光

生锈的雨，淋湿了露天下的方尖碑

然后，黑树桩、病人、高塔

和某人的哭泣就会悄悄发芽

就像大地、烛光还要再开一次花

就像墓碑也要再开一次花，土里的那个人

开始用母语说话

一支曲子

黑白键依次在烛光里跳动，钢琴旁无人
夜晚与白昼依次在尘世走远
黑发、白发杂糅在一起，风的五指梳理着万物
比黑发更黑的是未来
比白发要白的是一个人的往昔
比火更明亮的是灰烬，每个钟点敲响时
就孕育出一颗火种
比死亡更可怕的，是某一天发现自己
被自己奴役着生活
并为奴役者唱了一辈子赞歌
比雨更哀伤的是一座雨后的城
风的哭声，惊醒了亡灵
它一边梳理万物，一边弹掉万物的眼泪

在中秋，在月光下

当人们仰望夜空

月亮也在向下俯视：月光中，木叶飘落

山河如崭新的废墟，空洞，静美。

这一夜，月亮看到众多脸庞从幽暗中扬起

果实累累的树枝，弹回最初的高度

刚分手的恋人，异乡客，孤寡老者——陷入了追忆。

而地上关闭的小朝代、敞开的风水和瓮里的酒

都将深怀柔情，无语等待

这个时辰，秘而不宣：

朦胧山谷间，一声迟暮之花的叹息。

是什么使我感到厌倦

时而感到厌倦，整个日子荒诞、无力，垂下手臂。

不是厌倦下午的炎热与漫长、满天繁星的睡意。

是厌倦一个半夜惊醒的人，他问：

活着已属不易，为什么还要写诗？

不是厌倦一个在梦里醒来的人，

不是厌倦他的提问，关于诗。

是厌倦我的胡子，没完没了地生长，

再一茬一茬地剃光，依旧，徒劳。

一束光走向林梢

黑色栗树下
光线看得见我眼里的骆驼
在夕阳里低下头
我正穿过
白昼与夜晚的拱门
另一些人来去无言
像哑巴穿过星群
月亮照彻一个人的海
多年后,矿难深埋的人
在寒冷里成为煤
发出未来世纪的光
一个浑身尘土的民工
他最后的目光
止于年关前某种虚幻的幸福
一个平静的放蜂人
穿州过县,在荒原上行走

他收集着蜂群掠过旷野的光线

当雪悄然落满大地

雪对白色大地感到迟疑

而傍晚经由废弃车站的钟楼降临

那座钟停在某个下午

某个城市

停在一座纪念碑的周边

电压不稳时,电流经由金属抵达灯泡

这个时代的虚无

经由人的头颅

走向树木顶端,刮起林梢的风

无处不在的光是阴影的袖子

它尚未触及一个无名的人

尚未填满无名者身体的

各个房间

我活在我的生活里

一些粗暴的人对我喊:你,快回来

他们是说,要我回到他们的生活

进入他们的视野

不,我要活在我的生活里

于是,那些粗暴的人

就日夜赶制一只金子的项圈

或更多的项圈,给更多的人

我知道我已被跟踪

就像夜色被第二天的不可知所跟踪

他们往饭菜里撒下同一类调料

他们给走路的人设定路标

他们甚至编纂了标准的体位大全

以备人们在床上

练习海拔或时差

而在二十四小时,他们

要二十四种鸟唱同一曲调的歌

他们有巨大的复印机,来复印

人们的脸,这些脸被雨打湿

贴在墙上,像明星

也像通缉犯

他们让玻璃试管怀孕

这样人们就不需要阵痛

却享有狂欢

我在我的生活里活着

在人群之外,干净的阳光下

享受高处的风吹

我干着我的活,是的

现在,我跟哑巴和瞎子在一起

遥远如地平线上的三棵树

从落叶回到树上

从落叶回到树上

重新在少年的眼里闪亮开始

秋天回到春天

太阳下了山

孩子们该回家了

所有见过或没见过的人

此刻都在往家走

从回家开始

不慌不忙地捡着豆子

数着日子

开花的地方

我坐在一万年前开花的地方

今天,那里又开了一朵花。

一万年前跑过去的松鼠,已化成了石头

安静地等待松子落下。

我的周围,漫山摇晃的黄栌树,山间翻涌的风

停息在峰巅上的云朵

我抖动着身上的尘土,它们缓慢落下

一万年也是这样,缓慢落下

尘土托举着人世

一万年托举着那朵尘世的花。

当我累了，我会靠着树干

当我累了，我会靠着树干，坐在草地打盹。

会把脚伸进一米外的河里，把手埋进泥土。

而我的灵魂飞出来，

喃喃着回望我疲倦的脸：

它要沿着来时路飞回去，滑过时间的山脊。

它会看到更多疲倦的面孔，疲倦的身子

裸露在星光下。

那些往昔的人们，在我灵魂的吹拂下

一一活过来。

他们揉着眼，缓缓从草地站起身，

从河里收回脚，从岩石上捡起旧衣服，

重新点燃酒里尚存的骊歌。

抽出五谷，抽出笨重劳动的喜悦，

赶拢所有生前牧养过的牲畜，

擦亮闲置、散落的农具。

把耙耧装满稷黍，把犁铧插进大地。

干枯的花朵会回到枝头。

他们会碰到爱恋过的人、吵架的人、搬弄是非的人，

他们点头、拥抱，又各自匆忙赶路。

——在长眠里，找回曾经拥有的人类时光。

转眼又一年

转眼又一年，一天又一天，就像昨天的饭
还没来得及消化，又有人在门外喊：老韩，到点了
烫烫餐具，工作餐已端上了餐台。
如果不吃饭，能不能留住今天？如果只睡觉
会不会回到去年？

想一想，一年走的路，似乎很多，但到底有多少路
必须该走？密集的时辰，居住在无穷个空巢。
是音乐、琴弦上的手、手背上的伤痕，唱昨日的歌。
如果做梦，能不能把一生的绚烂全都做完？
如果牵手，能不能拉住最后的日子，而不是丢弃？

我们

在鞭打的，牛与牛之间的对话里

我们是什么。

在无枝可栖的，飞鸟与飞鸟之间的呼唤中

我们是什么。

在日渐细小的河流的叹息里

我们是什么。

在正中间的，菩萨的眼里，我们是什么。

在死神耐心等待里，在它的脚步声中，

我们是什么。

在另一些人的心里，我们是什么。

——我们从不友善，不怜悯，不念恩德。

——我们像鹦鹉，面对世界，却标榜

所谓的人性，所谓的爱。

我辜负了满月洒在心底的清辉

我跟你说过，我辜负了

往事馈赠我的离别

苦难在我身上酿造的蜜，短暂的岁月

开出了两三朵小花。

我辜负了所有早死的人，当风吹过林梢

和我的头顶：我忘掉了

他们的姓名和传奇，我做的

是他们做过的，我想的

他们早已想到过。

我辜负了缺钱花的人，我没有安慰

可供给予，大地还在降温

我只能越来越安于

你赐给我的秩序，像鸽子飞在自己的天空。

你知道，我辜负了爱我的人，我爱的人

但我不知道人活着

许诺是不是真的可信，曾经的福分和疼怜
那些过去时态的光，在水中倾斜
就像真理幸存。
我辜负了狂欢的生命，仅有的一次
在喧嚣里变得哑默，在流逝中保持固守
在琐碎的日子，古典慢慢回归。
我辜负了满月洒在心底的清辉，潮汐
在约定的日子，绕过十字路来叩门
走廊上的镜子落满微尘。
我辜负了作为儿子与父亲
这个双重身份：你，一首复合结构的诗。

孤独的另一种消解方法

总想多掺和友人聚会，或往人群中行走

那样我就不再孤单，仿佛也不再害怕死去

我知道这是一种虚妄

如同曾以为阳光下不会死人

死亡无人能够阻止，也无人替代

就像幸福，那天我们在酒席中谈论一晚上幸福

松霖说："那些人很富有

可又跟我们有什么关系

他家就是有一颗月亮，我们也还是上不去。"

"是的，幸福可不像死亡，到头来人各一份。"

尘土飘落

不知多少次,在故乡或异乡的山间
静坐松树下
或在巨岩上瞭望
感受四周的草木唰唰生长,簌簌凋敝
昆虫成群往返,搬运着明亮的果实
山溪带着小兽的蹄迹独自离去
时辰是个无家的儿童,它总在风中隐现
我有说不出的喜悦
有时又有说不出的悲伤
说不出的苍茫,时时在心底堆积
不远处的人世,仍然在现实与互联网的交叉口
慌不择路
仿佛那一切都是真的,盲目,却又滚滚向前

转眼间
尘土又静静地厚了一层

有时我是孤独的

在人群，我踏实地过着每一天

听那么多的话，偶尔也承受些风

有时我也介入其中

跟大部分人走相同的路

我们都介入其中

但更多的时候，我知道

我走着我的路

仅仅意识到这一点

就会觉得人们都是彼此的过客

走马灯似的走过人世

有时我是孤独的

就像礼拜一到礼拜五之间

多出个隐蔽的日子

在事物与事物之间

我的耳朵是两片聚散的云

脸是中午的池塘

而我的嘴喃喃自语

像一个古老的傍晚

用模糊的树木发言，美好的一切

就这样把我分解，融进无限

在我与阳光和落叶之间

我察看着事物的侧面，记录下我的体温

和那些离我更近事物的体温

如同一个农业技术员

想来这是一件枯燥的事

它们存在于我的记录里

这就是意义，只对于我而言

却与别人无关

在或不在的事物

已经不在的事物

换了身份、容貌与你偶然相聚：

母亲是雨，父亲是桥，牛羊是一片杏树

熟记的地名是一阵疾风

狗是一件衣服。

凡是你能回想到的都不存在了

静下心，掐着手指，数数看

生命给过你的时辰，童年，中学操场

坍塌的篮球架

孤独的午后梦醒，习惯的气味与响动

车，马，干草，云里的飞机。

仿佛有一个暗道通向秘境

已经不在的事物全在

并被洗净，重新命名，列队

彼此不再谈论往事。铁锈的大鸟飞过湖泊

向下的山谷，落满干果与砾石

逐渐细小的河，稀疏的事

都已不在，他们或它们

在你面前，走着走着就不见了

像走进了一堵墙，一棵树，一个废弃的庭院

一片黄土地。还在的人与事

正一天天成为不在，他们或它们

却在想象远离那堵墙，那棵树

那个荒凉的庭院

那片黄土，抵达永恒

活着与死去的人不过是一场大雾

你穿行在雾里，在水滴与水滴之间

成为水滴，事实就是

不在的风景，不在的灵魂

不在的你。

我沉默在我的沉默里

我沉默在我的沉默里，世界沉默它的

消逝之物、存在之物

和即来之物沉睡在

它们之间的空白中

城郊停车场，肇事汽车沉默在

此前的故事里

一群浮云和白色的哑巴在赶他们的路

我一个人来到子夜电梯间，吸烟

哪里也不想去

只想看到楼层指示灯，向上逐一点亮

电梯神秘地升到我的脚边

铃声响过，窄门敞开

里边空无一人

只有疲倦的光沉默溢出

我哪里也不去

光重新关闭,像祭坛上的爱

当我沉默地走进某些人心,这个时辰

他们已沉睡,体内一马平川

发抖,冷,一阵强过一阵

水晶棒吸纳着去年星系的余晖

我沉默在一片树叶掉落之前

大地的沉默

而世界却不属于永生的大地

大地真实,世界弥漫谎言

白昼显得杂乱而沉重

白昼是个战争遗址，显得杂乱而沉重
有时又空旷得找不到说话的人
而夜晚却飘出袖子来，专注地覆盖过头顶

那个跟我名字相同的人，匆匆来去
我们尤其陌生，在白天，他干他的，我干我的
当夜来临，我独自一人时

会觉出靠着院墙，那架忍冬无声地开放
他的名字要回到我的身体里，像个老朋友
像一条淡水河，流进渤海和海上的星星

我呼吸着周边的空气

我呼吸着周边的空气，我的那一份。
我熬粥，汲水，烤着木炭火，
大地预留给我不多的那些。
阳光照上我的皮肤、头发，
月光洒满我窗台上的花，母亲的坟墓。
我劳动，做自己的那份工，拿对等的薪水。
偶尔也写些字，
不经意地，在流水上刻出几道划痕。
有时麻雀会在我头顶盘旋，
我像一棵黑暗的槐树，
有时它们干脆就飞进我的身体。
就这样，我还是欠下了很多，
有关大地、生长、浩荡的风水，
以及往日的爱。

一块山地

一个中年男人在上边翻地

湿土翻上来，干土翻下去，小风送不走浮尘。

一个妇女为老苹果树松土、施肥

她把树下的枯草拔掉

把羊粪撒上去，然后直起腰

看了看翻地的丈夫，又抬头看了看

果树和天空

三只麻雀，一只乌鸦

在黑枝丫上叫

五个人在这块地的另一边

围着一座旧坟

有人正把新土扔到坟尖

有人已把祭品供上石桌，点燃纸

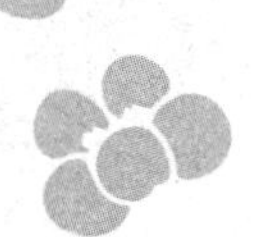

一个上了年岁的女人，在火光前念叨

她的声音太小

几乎没人能听见

一个小伙子摆弄着鞭炮

一个光头小孩，在阳光里追逐自己的影子

越追越远

一些看不清面容的人，像冬眠的树根

在地下安静地坐着

仰望着自己的子孙

以及一些不相干的劳动的人

在一个秋天的傍晚

到了秋天

没什么事要我急着去做了

我可以在日落之后

坐进夕阳的余晖

遥望楼顶上那轮月亮

它近乎圆满

我还能看到

身边的草坪上

学龄前的儿童相互追逐，嬉闹

两只小狗

跟在他们后边撒欢

就这样安静地等待暝色降临

孩子们会慢慢散去

周围的事物也都悄然消隐

很多经历过的日子和人

在月光下

变得愈加模糊

禅院钟声

冬天的早晨，月亮弯成一张瘦脸，泊在西山墙的斜上空。

幽暗处，一枝老梅探进禅院。

院子里的风，顺着枝头滑出去了，刮向四散的村镇。

钟声从远方传来，空气涌起波浪。

顺着山路，一个禅师踩出霜迹，他手提两桶水，两桶水晶

他的水晶越来越多。

我也挑着水，在这样的钟声里，走了快五十年

我的水越来越少。

晚安

第一首

然而，我愿意说晚安，说流星滑过数星星的人
在什么地方，江边或塔前，夜色扬起你逶迤长发
哦，晚安大地。哦，晚安星辰。哦，晚安女神。

第二首

是的，我横亘在你的小祖国，江河沿着我的肉体流向你
我愿意听到你每一声祝福……雪落上我的脸庞、发间
说吧，请再说出晚安往昔，晚安醒着的泪水。